MONSIEUR HOPOP

Thierry Marchaisse

MONSIEUR HOPOP

éditions
THIERRY MARCHAISSE

Conception visuelle : Denis Couchaux
Mise en page intérieure : Anne Fragonard-Le Guen

Couverture : Isabelle Simatos, IA, Denis Couchaux

Éditions Thierry Marchaisse
221 rue Diderot, 94300 Vincennes
www.editions-marchaisse.fr

LES CARNETS
DE MONSIEUR HOPOP
(EXTRAITS CHOISIS)

La petite annonce

En feuilletant le journal, ce matin, je tombai là-dessus : *Cherch. métaphy.*, et rien de plus, pas un mot de précision.

Un numéro de téléphone, une adresse, c'est tout.

Sur la crise, le chômage et les autres plaies actuelles, je ne dirai rien. Les temps sont tels qu'on n'est plus très exigeant. Je pris mes diplômes, tous mes diplômes, et j'y allai. On me reçut dans un premier bureau, où l'on me renvoya dans un second qui, par chance, était le bon. Je me trouvais devant le préposé.

« Vous excipez de quoi au juste ? »

Comme je n'étais pas sûr d'avoir bien compris la question, je lui montrai, à tout hasard, mon diplôme de et celui de, et encore un autre… Je m'apprêtais à vider mon sac, lorsque Monsieur le préposé m'arrêta d'un geste.

« Mon cher, me dit-il, vous êtes le premier à vous présenter depuis que nous passons cette annonce et vous serez le dernier. »

Il ajouta aimablement :

« J'ai tout de suite vu que vous étiez des nôtres. »

Puis il ouvrit un tiroir, en sortit un revolver, et se tira une balle dans la tête.

J'aurais bien voulu faire quelque chose pour cet homme, mais quoi ? Il était trop tard. Et puis dans ma situation, je n'allais pas chipoter. Pour le cadavre, on verrait après (chaque chose en son temps). En attendant, je m'installai confortablement dans mon nouveau bureau. J'avais enfin trouvé du travail. Aussitôt, je rédigeai la petite annonce habituelle : *Cherch. métaphy.*, etc., et la portai, le cœur léger, au journal.

Tout de même, j'avais encore quelques belles années devant moi.

Tout arrive

Ma personnalité se dessine, incontestablement.

Je m'en rends compte à des détails, oh ! des petites choses, qui n'ont l'air de rien. Notamment à ceci que j'ai des préférences toutes neuves, des réticences aussi, voire des impossibilités, qui me sont désormais entièrement personnelles. Et j'en ai de plus en plus.

J'aime lire le soir au lit par exemple, ou encore je supporte difficilement de discuter sur le pas d'une porte. C'est très net. Tout cela est très net. Cela prend forme depuis, disons, un an, peut-être moins. Il y a des signes qui ne trompent pas. Tenez encore, et pour ne rien vous cacher, il me faut mon litre de lait Ribot par semaine, cela m'est devenu absolument indispensable.

Quant aux impossibilités… Enfin, une chose une autre, vous savez comment c'est. Toujours est-il que cahin-caha, à mon rythme, à mon aise, j'entre de plain-pied dans l'existence.

Cela fait bien deux ans qu'un parapluie, fermé et boutonné dans son étui, occupe un coin de ma chambre. Nous nous observons en silence, pendant des heures.

De le voir accoter au mur sa silhouette de pendu, plus d'un rirait. Et quelquefois, cela m'échappe en manière de provocation. Mais, apparemment, il reste imperméable à mes sarcasmes, ou alors il cache bien son jeu.

Pour l'instant, j'avoue que je n'ai pas encore réussi à démêler si son silence était plus profond que le mien, ou si c'était seulement le silence inconsistant d'un bavard. Mais rien ne presse. Un jour ou l'autre, l'un de nous deux perdra patience et nous verrons bien alors qui est le maître.

Ils sont là, autour de moi, et jamais, jamais je ne saurai s'ils sont mous. Leurs têtes, leurs dos… mon intention. J'hésite à l'essayer.

Même, l'air de rien, en passant, y pousser un doigt, avec un sourire léger, une élégance enjouée.

Impossible, il faudrait se ruser, être fou peut-être.

En revient-on ?

Chronomètre et esclave

En ce moment j'ai une grosse d'hypothèses sur les bras. Un lot énorme à vérifier.

Je vérifie notamment comment le temps passe à notre époque, s'il passe bien partout pareil et pour tout le monde, quel que soit l'âge, le sexe, etc.

On n'en voit pas le bout. Et c'est une commande assez urgente, forcément. Alors je n'arrête pas, je cours sans arrêt d'une idée à l'autre. Cela tourne au marathon, mais en même temps c'est exaltant : quelle aventure ! Je me demande juste si ce n'est pas un peu dangereux à la longue, pour la santé mentale je veux dire. Ah zut ! encore une hypothèse à vérifier.

« Je me fais fort de vous le démontrer, où et quand vous voulez !

– Allons donc…

– Mais parfaitement. Je vous répète qu'il suffit de regarder un feu rouge un certain temps pour qu'il passe au vert. C'est très pratique quand on est pressé. De même, il m'est relativement facile de faire bouger (mettons) un stylo par la seule force de la pensée. Ce n'est d'ailleurs pas si difficile, avec un peu d'entraînement. Mais ce n'est pas tout ! Je suis aussi capable de lui faire écrire quelque chose. Vous ne me croyez pas ? Eh bien vous avez tort, vous en avez la preuve sous les yeux. »

Ce n'est pas toujours évident d'avoir une vie intérieure. Il y a des moments difficiles et parfois même des passages à vide.

Au début, je ne savais pas quoi faire dans ces cas-là. Mais petit à petit, j'ai appris à surmonter ces crises. À présent, dès que je sens que cela ne va pas, j'attrape une boîte d'allumettes et j'en sors quelques-unes. Puis je les brise, oui je les brise, l'une après l'autre, férocement, voluptueusement. La plupart du temps, c'est souverain. Si cela ne va toujours pas, j'en sors encore une ou deux et je les écrase, je les piétine, je les réduis en bouillie.

Après cela, il est bien rare que cela n'aille pas mieux, beaucoup mieux.

Cette même impression étrange

Quoi que je mette, j'ai toujours l'impression d'être resté en pyjama et d'avoir encore mon oreiller à la main. J'espère que cela ne se voit pas trop, surtout quand je suis reçu dans le monde ou chez des amis.

Et pourtant, Dieu sait si je m'occupe à varier mon accoutrement. J'ai tout essayé, tout. Avant-hier, je suis même sorti carrément en pyjama, mon oreiller sous le bras. Personne ne m'a fait la moindre remarque. Mais pendant toute la soirée, j'ai pu vérifier une fois de plus que j'éprouvais toujours cette même impression étrange.

Pour vivre à deux, il faut une raison, pour que cela fonctionne.

Ziche n'aime pas les olives, moi si. Alors, quand on mange des pizzas, elle me donne les siennes (pour moi, il n'y a jamais assez d'olives sur une pizza, jamais). Et, comme on en mange souvent, cela compte.

C'est cela un couple, quand c'est fait pour durer.

Je suis content de moi. Tout content.

Cela m'a pris hier au soir, avant de me mettre au lit pour être exact. En ôtant mes chaussettes, j'ai commencé d'être content. Et depuis ça va. La situation est satisfaisante, tout à fait même. Je crois que je suis en bonne voie.

Le matin était bien, le réveil un peu dur, mais à peine. Sinon ça allait. À midi aussi. Maintenant aussi. Ça va bien, tout va bien et de mieux en mieux

Cette fois-ci, ça y est, la vie va être belle.

En sortant ce matin, j'avais pris soin de laisser un petit mot gentil sur le bureau de Ziche : *Je reviens cet après-midi, vers quatre heures.*

Eh bien à mon grand étonnement, en revenant, sur le coup de neuf heures du soir, j'ai eu droit à mon tour à un mot sur mon bureau : *Je serai là à sept heures, moi aussi.*

Suicide au croissant

Ce matin je me suis réveillé tout frais et dispos. J'avais dormi comme un loir. La chambre était fraîche, il y faisait bon. De la main, j'écartai les rideaux : dehors il faisait beau. Je me sentais exceptionnellement bien. Vraiment, c'était le moment ou jamais de mettre un terme à mon existence.

J'allais m'exécuter de ce pas, quand un scrupule me vint. J'étais à moitié nu, il fallait donc que je me vête. Nu, j'aurais eu l'air de quoi ? Dans ces cas-là, les plus petites choses ont leur importance. Et justement, tout en m'habillant, je constatai que j'avais faim. Eh bien, qu'à cela ne tienne ! Je n'allais tout de même pas me suicider le ventre vide.

Sans balancer plus longtemps, je pris quelque argent et filai faire les courses. Autant fêter cela, n'est-ce pas ? Aussi, j'achetai, en sus de mon pain quotidien, des croissants au beurre. Puis je passai à l'épicerie, où je choisis ma marque de café préférée (la plus chère). C'est cela le savoir-mourir.

Une fois dans mon petit for intérieur, je me préparai un de ces gueuletons matinaux ! Je ne vous dis que ça.

Cela fait, d'ordinaire, j'eusse été réveiller Ziche. Mais à quoi bon ? Le coup de feu la réveillerait bien assez tôt.

Alors, sans hâte, mais sans plus attendre, une tasse de café à la main, j'enfonçai un croissant dans ma bouche et appuyai sur la détente.

Mon roseau à moi

Ziche est le seul roseau pensant que je connaisse.

Et je pèse mes mots. Parce qu'enfin, un roseau c'est souple, c'est mince, cela plie mais ne rompt point. Bref, cela a certaines caractéristiques dont il faut tenir compte, outre la pensée. J'ai donc soigneusement réfléchi à la question, à la lumière de ces données précises et complémentaires. Sans mentir, question roseau et tout, c'est la seule qui fasse l'affaire.

Les autres, il leur manque toujours quelque chose.

La force du destin

La nuit dernière j'ai fait un rêve abominable, où je rencontrais mon Destin. C'était un Destin minuscule, d'aspect banal, avec un « D » beaucoup trop grand pour lui. Il ressemblait à son attaché-case. Nous échangeâmes quelques mots.

« Parlez-moi de moi, lui chantonnai-je, il n'y a que cela qui m'intéresse. » Mon Destin m'apprit que j'avais de la chance, beaucoup de chance. J'étais le premier dont l'existence serait entièrement numérisée. Un algorithme avait déterminé mon profil et, ma foi, il constatait que j'avais bien la tête de mon profil. Tout à fait une tête de kinésithérapeute. « Ah ça, kiné ? Première nouvelle. » Ce fut au tour de mon Destin de s'étonner :

« Comment ? Vous n'êtes pas kinésithérapeute ?

– Pas que je sache.

– Allons, allons, soyez raisonnable ! C'est impossible. Et entre nous… (il cligna de l'œil, tout en me poussant du coude) vous le savez bien. Tenez, dit-il, en ouvrant son attaché-case, vérifiez vous-même, j'ai là une copie actualisée de votre état civil. »

Au-dessus d'un numéro de code, je lus effectivement : Hopop, sexe masculin, trente-cinq ans, kinésithérapeute. Et je frémis en pensant que l'algorithme aurait pu tout aussi bien faire d'autres erreurs.

« D'ailleurs, je suis un vieux client, précisa mon Destin. J'ai même ma séance avec vous, dans une demi-heure. Comme tous les lundis, voyons ! De deux à trois. »

« Il faut que j'en aie le cœur net », me dis-je. Et plantant là mon Destin, je rentrai chez moi. Sous la porte cochère, en bas de l'escalier, il y avait une plaque que je n'avais jamais vue :

Hopop
MASSEUR-KINÉSITHÉRAPEUTE
(uniquement sur rendez-vous)

Cela n'avait aucun sens. Comment pourrait-on être kinésithérapeute sans le savoir ? Mais arrivé chez moi, dans ce qui était maintenant la salle d'attente, je dus me rendre à l'évidence. Sur l'un des murs s'alignaient tous mes titres de praticien et sur un autre il y avait une belle photo signée d'une sportive connue, qui me remerciait de mes bons soins. Je passai dans mon cabinet et me laissai tomber dans un très beau fauteuil que je ne connaissais pas, mais qui était sans doute mon fauteuil préféré.

« C'est une erreur, une simple erreur, me répétais-je, il n'y a pas de quoi s'affoler. » Il suffisait de savoir à qui s'adresser, passer quelques coups de fil, et tout rentrerait vite dans l'ordre. Au pire, il me faudrait peut-être masser quelque temps mes semblables, mais cela ne durerait pas. C'était juste un mauvais moment à passer.

À deux heures, on sonna. Mon Destin était au rendez-vous.

Je ne me déplace jamais sans mon « ? » en plastique rouge. Celui que Ziche m'a offert pour fêter notre dernière rupture ratée. Enfin jamais, c'est un grand mot, disons rarement, très rarement, parce que c'est un cadeau et qu'il marque une date importante.

Je reconnais que c'est assez encombrant en général. Mais c'est surtout en vacances que c'est un vrai boulet, et pas seulement pour moi.

Combien de fois ai-je dû intervenir auprès des enfants, pour les empêcher de jouer avec ou de me le dégonfler. Surtout quand ils étaient petits ! Mais je ne peux pas vraiment leur en vouloir. Et d'autant moins que je me surprends parfois à rêver de m'en débarrasser. Mais comment faire cela élégamment après toutes ces années ? Et pour passer à quoi ? Au point-virgule, à mon âge ?

Alors je me reprends et, tout deuil fait d'être un autre, je me remets une fois de plus en question.

Une radio hurlait quelque part.

La voisine injuriait encore son mari.

Les vitres de la chambre tremblaient au passage des voitures.

« J'en ai assez de vivre, dit Ziche en s'éveillant, je veux faire autre chose. »

CÉRÉMONIE

Le jour vacille. Il va faire nuit.

C'est l'heure de la petite cérémonie du rideau.

Ziche se lève, moi aussi. L'un (toujours le même) défait l'embrasse qui retient le rideau sur la gauche de la fenêtre. L'autre (toujours la même donc) tire sur le cordon qui pend à droite de la fenêtre. Le rideau tombe.

La nuit est tirée.

Fin de la cérémonie.

Ce serait meilleur avec une tranche de citron.

Ah oui, une tranche de citron ! Mais alors il faudrait un citron.

Eh oui, et aussi un couteau.

Ah oui, un couteau !

Mais on n'a pas de citron.

Ni de couteau.

N'empêche, cela n'ôte rien au fait que ce serait meilleur avec une tranche de citron.

Ni au raisonnement qui prouve qu'on s'en passera.

Quand je pense qu'il y a seulement un mois, tout était fini entre nous. Nous marchions côte à côte, Ziche et moi. Il pleuvait. Les rues étaient désertes, comme il se doit quand on se quitte. Au prochain carrefour, j'allais prendre à droite et elle à gauche : c'était là que nos chemins se séparaient.

Nous allions nous dire froidement adieu quand surgit un problème : qui garderait le parapluie ? C'est qu'il pleuvait à verse et il était très tard. Plus de taxi, plus de métro, plus rien. Oh, je sais bien que la galanterie m'obligeait à faire fi de ces considérations ! Mais, d'abord, c'était mon parapluie... Et puis c'était moi qui le tenais.

D'ailleurs, à vrai dire, je n'allais nulle part en particulier. Prendre à droite, c'était juste pour marquer le coup. Un geste symbolique en somme. Je pris donc à gauche, et nous continuâmes de conserve.

J'ai un peu délaissé ce journal pendant quelques années. Et pour cause !

Encore quelques coups de collier et je serai au bout de mes recherches sur les phases de la consolidation mnésique chez le poussin.

Ah, cela va faire du bruit dans le landerneau des spécialistes ! Il me semble déjà entendre la douce musique des grincements de dents envieux et des félicitations hypocrites.

Ce n'est pas que j'attache tant d'importance à ces travaux purement scientifiques. Après tout, ce ne sont là que broutilles, appendices et notes en bas de page, au regard de mes recherches philosophiques, autrement plus fondamentales. Mais un vrai savant doit faire quelques concessions au siècle, et il me semble que ce n'est pas déchoir du monde des idées que de contribuer à élever l'édifice majestueux de la science, ne fût-ce qu'en y resserrant un boulon.

« Merci.

– Je me suis laissé dire qu'un certain sybarite des plus fameux poussait la minutie, la perfection de la jouissance, jusqu'à laisser fondre tout seul un morceau de sucre dans son café. À la première gorgée amère succédait une seconde, légèrement plus sucrée, et ainsi de suite, continûment, comme un arc-en-ciel noir, loukoumeux tout au bout.

– Loukoumeux ? Quelle horreur !

– Si si. Un autre sucre ? »

La promenade touchait à son terme. Le chien que j'avais perdu de vue depuis quelques minutes accourait vers moi avec quelque chose dans la gueule. Il avait trouvé un oiseau, malade ou blessé par un chat du coin peut-être, et il me l'apportait.

Ce n'était plus qu'une petite boule de plumes toute chiffonnée. Une de ses ailes était brisée, il avait les pattes en lambeaux. Cet oiseau était foutu. Il vivait encore, mais tout juste assez pour souffrir. Joker l'avait laissé choir à mes pieds et il attendait modestement… C'était un cadeau sans doute, pour me remercier de la balade. Mais comme j'avais l'air de faire des manières, il ne savait plus trop quelle contenance prendre.

Il fallait faire quelque chose, et vite. J'avisai un gros bloc de pierre qui traînait par là et l'élevai à une hauteur convenable au-dessus de l'oiseau. Il palpitait toujours doucement à même le sol. Je visai avec soin, et lâchai la pierre. *Crouiac !* Quelqu'un venait de passer sous un rouleau compresseur et c'était moi qui le conduisais.

Le chien m'observait du coin de l'œil, comme si de rien

n'était, mais je voyais bien qu'il était inquiet. Nous nous quittâmes au plus vite, sans même nous dire au revoir. Moi, de crainte qu'il ne se mette à parler. Lui, de crainte que je n'aboie.

Bévure

Léo c'est un ami, et pas n'importe lequel : mon ami. On peut lui faire confiance, lui demander, pas n'importe quoi mais beaucoup, enfin dans des limites raisonnables.

Évidemment, il faut faire un peu attention, l'amitié c'est fragile. Cela demande du soin et quelques précautions. On pourrait presque dire que cela s'arrose, l'amitié. En tout cas, cela s'entretient, et pas n'importe comment.

Tenez, pour vous faire comprendre… Prenons Yucca, par exemple. Yucca c'est ma liliacée, il ne lui faut pas grand-chose, du soleil, de l'air, un peu d'eau de temps en temps. Et avec cela, croyez-moi, Yucca est contente, comblée même, on dirait un cri de joie qui pousse.

Mais quel rapport avec Léo, me direz-vous ? Eh bien Léo, c'est pareil. Il n'en demande pas plus ou si peu. D'ailleurs, ils ont un air de famille tous les deux, et n'était leur nom, on pourrait, je ne dis pas les confondre, mais hésiter un instant.

Moi-même, un jour, j'ai bien failli serrer la main d'une fleur.

Comme bien d'autres avant lui, il végéta longtemps dans quelque manuscrit, avant de finir inédit, grignoté par des rats de bibliothèque.

Le désespoir d'être jamais quelqu'un, avec son cortège de ratures, tel était son destin. Cet espoir qui est celui de tout pronom personnel, cet espoir qui fait vivre lui fut refusé. Pourquoi ? Il n'y a pas de pourquoi. C'est ainsi, le Je est une voix en espèce de disparition.

On peine déjà à imaginer ce que cela peut bien vouloir dire, pour un Tu ou un Nous, de ne pas accéder à l'être. Mais pour un Je, cela passe l'imagination, cela nous dépasse. Je préfère ne pas exister là-dessus.

Disons brièvement que, jusqu'à la fin de ses lignes, il vous soutint sans faillir son destin de Je à tout faire, de Je à la con, damné de l'insignifiance.

Ziche, c'est la première fois qu'on épluche des pommes de terre ensemble.

Ziche, tu m'écoutes ?

Je disais que c'est la première fois qu'on épluche des pommes de terre, ensemble, toi et moi, nous deux.

Ziche, tu m'entends ?

Eurêka

J'ai découvert une erreur dans mes principes.

Inutile de dire que cette erreur est subtile, très subtile, mais elle est hélas bien réelle. J'ai dû repousser *sine die* la date de publication de mon traité sur la protomnèse des poussins.

C'est le sol même sur lequel j'avançais solidement, déductivement, et depuis tant d'années, qui s'est dérobé soudain sous mes pieds.

Ma loi des souvenirs-réflexes, notamment, est fausse, et sans elle la plupart de mes résultats théoriques tombent à l'eau. Quant à la partie expérimentale de mes recherches, je pense qu'elle n'est pas entièrement affectée, mais cela reste à vérifier.

Certes, cela a d'abord été un coup terrible, car tout ce que j'avais élaboré s'est trouvé réduit ainsi à rien, ou presque. Mais une découverte reste une découverte, et j'avoue que je suis tout de même assez fier d'en avoir fait au moins une.

D'UN NOUVEL USAGE POSSIBLE DU CODE DE LA ROUTE

Ce matin, dans l'escalier, j'ai croisé le nouveau voisin.

(Je descendais, il montait.)

Jeune, souriant, propre sur lui, il m'a fait tout de suite bonne impression, malgré ses bras encombrés de paquets bizarres.

Il me salua poliment et s'effaça pour me laisser descendre.

Comme notre escalier est vraiment très étroit, je lui rendis son salut tout en m'effaçant moi aussi pour le laisser monter.

« Je vous en prie, lui dis-je, priorité à ceux qui montent. Et puis vous êtes plus chargé que moi.

– Votre amabilité me confond, répondit-il, mais dans un cas pareil, la jeunesse doit céder le pas. »

Avec quel tact il me rangeait ainsi dans la catégorie poids lourd ! Je passai donc, en saluant une dernière fois, pour faire bonne mesure et contenance.

Tu vois, Ziche, des ptijeunes comme ça, aussi bien policés, aussi casuistes, on n'en fait plus.

Nuages, nuages

La semaine dernière, Ziche et moi demeurions en repos dans notre chambre.

Enfin moi je me reposais, pendant qu'elle faisait le ménage, quand, tout soudain (était-ce parce que je lui avais demandé de baisser un peu l'abat-jour ?), voilà qu'elle enfile son manteau et part sans dire un mot, en claquant la porte.

J'en étais encore à me demander ce qui se passait quand *dring !* on sonne. C'était mon ange gardien qui avait oublié certains effets personnels.

« Tant que tu as le corps le corps dérangé, lui dis-je, tu ne veux pas donner à laver mon pantalon (je l'enlevai) et ma chemise (je l'enlevai aussi). Je resterai en robe de chambre, en t'attendant.

– Tu l'auras voulu », me répondit-elle.

C'est étonnant comme on peut être distrait. Sur le moment – c'était il y a dix jours pour être exact –, je ne perçus pas la note d'agacement qui résonnait dans ces quelques mots. Ce n'est pas le temps qui m'a manqué, depuis lors, pour mieux l'entendre.

N'empêche, j'ai beau me creuser la cervelle, je ne

comprends toujours pas quelle mouche a pu la piquer. Qu'est-ce que j'ai bien pu faire, ou dire, pour qu'elle m'abandonne dans le plus simple appareil, et avec seulement une semaine de vivres ? D'habitude, elle me laisse de quoi tenir au moins un mois, et je garde mon pantalon.

Il faut que je note, dans mon journal, qu'une certaine tension se fait jour entre nous.

Les dernières vacances ont profondément affecté mon genre de vie. J'ai arrêté les cigares et même délaissé ma pipe. Je me suis mis à rouler des cigarettes.

Je roule pour moi, pour mes amis, je roule pour tous. C'est une sorte d'ivresse. Voilà bien les effets de la nouveauté, la frénésie de la mode. C'en est arrivé à un point que même en rêve, je continue de rouler, pour moi, pour mes amis, pour tous.

On m'a dit que je ne suis pas le seul, que d'autres, ailleurs, sont pris, emportés, broyés par cette passion qui fait peur. J'ai hésité un moment, mais advienne que pourra, je sens que l'essentiel est de rouler, rouler, rouler, et peu importe quoi.

« Tu es parfaite, vraiment parfaite », disais-je tout à l'heure à Ziche qui s'apprêtait à sortir et me demandait mon avis.

« Je sais bien que je suis parfaite, me répondit-elle, ce que je te demande, c'est si je pourrais être mieux. »

Lorsqu'elle dit des choses comme ça, je m'inquiète toujours un peu et je me souviens qu'avant de me connaître Ziche brisait tous les miroirs. Non pas en tapant dessus, mais simplement en s'y reflétant. Il n'était même pas nécessaire qu'elle allât s'y mirer, juste qu'elle s'y reflète.

À l'en croire bien sûr, Ziche n'était pour rien dans cette affaire, son image ne lui ayant jamais posé de problèmes particuliers. Mais, apparemment, ce n'était pas tout à fait l'avis de l'image en question, qui s'obstinait à la rejoindre, avec pertes et fracas.

Alors cinq, dix, vingt miroirs volant en éclats, cela commençait à bien faire. Et puis cela finissait par coûter cher et même par devenir dangereux, quand c'était la grande glace d'un bar qui explosait sur son passage ou la vitrine d'un magasin. Finalement, Ziche n'osait quasiment plus sortir de chez elle. C'est d'ailleurs comme ça qu'on s'est rencontrés (parce que nous habitions le même immeuble).

Mais tout cela est bien fini maintenant. Et sans me vanter, depuis que je l'ai à l'œil, je peux vous dire que son image se tient à carreau.

Un jour, j'y arriverai.

J'écrirai un texte beau, fou, parfait, ultime.

Il commencera par un coup de cymbale sémantique (genre « nonobstant », enfin peut-être, on verra). Ensuite, viendront les imparfaits du subjonctif, impeccables, menaçants, comme à la parade.

Et puis non, tiens ! Il sera au contraire très simple, dépouillé. Mais voilà, son sens, mystérieusement, échappera, comme si chaque formule était trop polie pour être honnête.

J'y mettrai tout et je ferai tenir ça dans trois fois rien : une virgule, un espace vide. Ce sera un chef-d'œuvre et mon chant du cygne.

Une fois ce texte écrit, il ne me restera plus alors qu'à me coucher et à mourir – après l'avoir brûlé, bien entendu.

On dit qu'une odeur de graillon ne fait pas le printemps, mais tout de même, hein tout de même ! statistiquement.

Chaque année, c'est la même chose, à peu près à la même époque, fin mai début avril :

« Décidément, il fait bon ce soir. Allez, j'ouvre la fenêtre ?

– Mmh.

– J'ouvre ?

– Mmh.

– Bon. »

Je vais pour ouvrir, j'ouvre et… ah nom de Dieu, cette puanteur ! Qui vous prend à la gorge, vous suffoque, vous noie…

« Ferme ! Mais ferme ! »

Las, le mal est fait. L'Odeur est là, comme une grande chose qui rampe, qui s'insinue partout et poisse tout.

On voudrait crier, appeler au secours, mais cela ne se peut, il faudrait reprendre sa respiration. Il n'y a plus qu'à céder la place et fuir illico, le plus loin possible. C'est la seule solution.

On a tout essayé, vous pensez bien, depuis le temps. Et

quel soulagement ensuite de retrouver l'air pur des gaz d'échappement.

« C'est curieux, quand même, cette ponctualité. C'est peut-être un rituel, une façon de chasser l'hiver ?

– Je ne sais pas, mais un jour ou l'autre nous en aurons le cœur net. J'irai trouver les voisins et je leur demanderai la recette. »

Nous les savants

Pour le melon du dimanche, on peut me consulter de huit à douze.

Je précise bien *melon*, pas je ne sais quelle cucurbitacée, ni quoi que ce soit d'autre.

Soyons sérieux, je suis un spécialiste, moi, je ne prétends pas tout savoir. Seulement question melon, on peut me faire confiance.

Vous voulez un exemple ? L'autre jour, je faisais mon marché avec Ziche. Je la voyais qui hésitait, qui n'en finissait pas de soupeser, de tâter, de renifler un melon après l'autre, sans pouvoir se décider.

Elle hésitait tellement que de mon côté, j'eus le temps d'acheter des fruits et des légumes. C'est vous dire !

Je la rejoignis donc tranquillement devant son, où etc., Et en deux coups les gros (comme dit mon tonton), un excellent melon était choisi, payé et hop dans le sac.

Mon secret ? Consultez toujours, vous verrez ça. Les fruits et les légumes n'étaient peut-être pas terribles, mais le melon, ce melon, quel melon !

On veut tirer, elle résiste. On tire, elle renâcle ou cède en rechignant, et avec un bruit, mais un bruit !

Vous ne me croyez pas ? Eh bien essayez, allez-y, tirez ! Si, si, j'y tiens, il faut que vous vous rendiez compte par vous-même.

Theut theeeeut ploc !

Alors ? Essayez encore une fois. Mais si, mais si, puisque je vous le demande.

Theut theeeeut ploc !

Ah vous voyez ?... Non vous ne voyez pas. Je vois bien que vous ne voyez pas.

Vous vous dites, n'est-ce pas, qu'il y a un truc. Nenni. La plomberie n'est peut-être pas le zen, mais elle montre LA VOIE. Elle enseigne que certains objets sont des koans. Et c'est le cas de notre chasse d'eau, incontestablement. Mais encore quelques années de pratique et je ne désespère pas d'en venir à bout. Écoutez ça !

Pchaft brrrrrr !

Prometteur, non ? Bon, ce n'est pas encore du Mozart. Soit. Je ne prétends pas jouer en virtuose de cette chasse d'eau. Je voudrais juste la tirer au clair.

N + 1

Quelqu'un a téléphoné pour l'annonce.

C'est la première fois et cela tombe bien, je commençais à avoir du mal à payer le journal où elle paraît.

Nous avons rendez-vous dans huit jours.

Je ne sais pas pourquoi, mais je ne suis guère impatient de connaître mon éventuel successeur.

Tout de même, je m'interroge. Est-ce que celui-ci aura toutes les qualités requises ? Et surtout, est-ce que je saurai en juger d'un coup d'œil, comme mon prédécesseur ?

Il est probablement tout aussi anxieux que je l'étais à l'époque, il y a combien de temps déjà ? Je ne sais plus. Bah ! nous verrons cela bientôt.

De toute façon, il n'y a plus beaucoup de place sur ce carnet.

PARABOLES EN KIT

Absurde : Pourquoi remettre à deux mains ce que l'on peut remettre avec une seule ?

Accident :

« Vous vous êtes drôlement arrangé ! Qu'est-ce qui vous est arrivé ?

– Un accident du travail. Je me suis levé de ma chaise et… »

Acte manqué réciproque : Au fait ce n'est pas aujourd'hui que l'on devait se marier ?

Algèbre du rêve (voir *Suquette*) : Deux petits bonshommes chavaliens sont penchés sur le Christ, après la descente de croix. L'un d'eux soulève le pagne de notre Seigneur, mais on ne voit pas ce qu'ils voient. Légende : *Vise un peu la suquette.*

Amour : Une cage à chats dont la porte est un oiseau.

Anglais de cuisine : *Dura life, sed life.*

Aphorisme : Écriture de la rature, ce qui reste quand on a tout raturé.

Aphorisme bis (recette du faiseur d') : Prenez un philosophe raté, ajoutez-y un romancier refoulé, assaisonnez d'un poète à la manque. Touillez. C'est prêt.

Aphorisme de Pascal (faux) : Il y a des temps pour tout, même pour baiser.

Argggh : Ce n'est rien. C'est juste Marcel qui s'est attaqué à une boîte de cornichons trop forte pour lui.

Axiome du sujet : Où qu'il aille avec sa tête, son cul suit.

Bernard : Prénom de tous les normaliens. Vous ne me croyez pas ? Lisez Gide, Nizan, Romain, Martin du Gard.

Beurk : Après en avoir fait plusieurs fois l'expérience, je suis en mesure de vous confirmer qu'il est préférable de ménager des intermédiaires entre le maquereau au vin blanc et le café.

Bidule :

« Tu as oublié qu'on devait faire un truc avec les machins ?

– Bien sûr que non ! Mais quoi et avec lesquels ? alors là… »

Binôme spirituel : Le maître amorce, le disciple pompe et le maître boit.

Bof : Sans doute la seule *Weltanschauung* qui tienne en trois lettres.

Ceci est une liste de commissions :

Changement de saison : Cette année-là (c'était un dimanche) nous sommes rentrés de plein fouet en automne. Il a fallu mettre les essuie-glaces.

Cogito : À force de citer celui des philosophes, on oublie qu'il y a bien d'autres *cogito* possibles. Par exemple, celui des aides ménagères : « J'éponge donc j'essuie » ; celui des rêveurs, « je pionce donc je fuis » ; ou encore celui des ébénistes : « je ponce donc j'enduis ».

Coït patriarcal : femelle prenant son mâle en patience.

Communication (paradoxe de la) : On s'entend d'autant moins qu'on parle de la même chose.

Conseils (aux jeunes talents) : Méfiez-vous des vocations qui se laissent embrasser.

Constat : Au repos, l'homme s'appuie sur une jambe, le cheval sur trois et le mille-pattes sur quarante et une.

Coup de foudre : Musique de l'être qui passe brusquement de mono en stéréophonie.

Couple : Petit système cohérent qui jouit aussi de la propriété de complétude.

Cruauté ordinaire : Faire mourir un œuf à petit feu, en le mettant à cuire dans l'eau froide.

Débandade : Coït interrompu, coït foutu.

Déclaration d'amour : Je veux bien te simplifier la vie, mais à condition que tu compliques la mienne.

Découverte :

« Donne la papatte…
– Ah ah ! Mon hypothèse tient toujours.
– Laquelle cher ami ?
– Les chiens sont tous droitiers. »

Démonstration (L'obsession de la) : Quand on s'attaque à un théorème qui résiste à la pensée, le plus beau n'est pas d'arriver à le démontrer. Ce n'est pas non plus d'être le premier à le faire. Ce n'est même pas de réussir à garder son équilibre mental. Le plus beau, c'est d'arriver à le démontrer sans être cocu, ni odieux à ses proches.

Devinette (voir *Réponse*) : Quelle est la différence entre une salle de conférences et une baignoire pleine ?

Dialectique : Art de passer du coq à l'âne et réciproquement. À servir nature, ou alors juste saisie dans le feu de la conversation.

Diariste : Se couche tous les soirs par écrit.

Devise de la vie bonne : Aller à l'essentiel en flânant en chemin.

Différence sexuelle : Très facile à comprendre selon Hegel, car pour lui « la différence qu'il y a entre l'homme et la femme est celle qui existe entre l'animal et la plante ».

Diplomatie : Art de prôner la politique de la main tendue, un doigt sur la détente internationale.

Éditeur (lu sur la porte d'un) : « Je veux bien être votre escabeau pour la gloire. Mais essuyez d'abord vos pieds sur le paillasson. »

Éloquence : Ce mot de Buffon recevant Parmentier à l'Académie française : « La pomme de terre est la frite même. »

Énigme des sexes : Comment se fait-il que la plupart des hommes n'aient pas de couilles, alors que la plupart des femmes en ont ?

Épitaphe : Il est curieux que *Peut mieux faire* ne soit pas une inscription plus fréquente sur les tombes. Elle devrait l'être pourtant, si le bon sens était vraiment la chose du monde la mieux partagée.

Épreuve du feu : On doit se sentir un autre homme après avoir été passé par les armes.

Faute de goût : demander la main d'une dame en mariage.

« **Firmaman !** » : Cri du jeune Pascal fuyant le silence éternel des espaces infinis.

Formule : Mort de la littérature.

Fromage : Caviar du pauvre.

Gadget : Lunettes oniriques pour rêveur myope.

Galilée : Avant lui les corps tombaient au petit bonheur, ne sachant pas la formule de leur chute.

Généralité (un exemple simple) : Les Espagnols ne sont pas tous marrants.

Glissade œdipienne : D'abord on bute sur sa mère, puis on se raccroche à son père, et on finit par tomber amoureux.

Glocal :

« On dirait le Cotentin.

– …? (Nous étions sur les bords de la Loire, à Amboise)

– Mais si, regarde… Tous ces petits pavillons préfabriqués. Ce sont les mêmes. »

Gloire : Être le premier à enfoncer une porte ouverte.

Glose marxiste : J'ai un vieil exemplaire des *Principes élémentaires de philosophie* de Politzer annoté par Althusser. Dans les marges du chapitre II section V (à propos des arguments idéalistes), on y trouve consignée sa recette du clafoutis aux cerises.

Hallucination : Jeune fille dansant sur un chemin de campagne vertical au-dessus de Manhattan.

Homme (au sens générique) : Seul animal qui s'écoute parler.

Inconsolable : Philosophe pleurant qu'on lui a cassé ses noèmes.

Jeunesse : Finit par « se faire » comme une paire de chaussures un peu juste.

Jour de pluie : Après la fête, après l'amour, après la vie.

Journal (lire le) : Tout un art, qui consiste à savoir se tenir au courant sans s'électrocuter.

Kant : Noumène en bateau.

Lacan (les ronds de style de) : Ils ne comprenaient pas tous, mais tous étaient frappés.

Langage corporel : Répondre à un mot puant par un pet plein d'esprit.

Lu (dans l'Ancien Testament) : « Michée a vu God assis. » On comprend que cela l'ait ébranlé.

Lutte des places : Ôte-toi de l'art que je m'y mette.

Mâle : porte un petit chapeau comme symbole de son accent grave.

Mariage (liste de) : À une vendeuse du Printemps peu amène : « La prochaine fois, je me marierai au Bon Marché. »

Masturbation (formule de la) : On n'est jamais mieux servi que par soi-même.

Mathématicien : Ne sait pas, ne peut pas, mais sait qu'il pourrait, sous certaines conditions bien spécifiables, et cela lui suffit pour conclure.

Mauvaise langue : La scène se passe à l'école. La maîtresse s'adresse à ses élèves : « Alors, c'est bien compris, je ne veux pas que vous parliez arabe entre vous ici. » Plus tard. Brouhaha dans la classe. Puis une voix se fait entendre : « Madame, madame, Ahmed il a ri en arabe ! »

Maxime : N'est pas le prénom de la Rochefoucauld.

Mélancolie (non lamartinienne) : Un seul axiome vous manque et rien n'est démontré.

Misogyne : Les femmes, cela ne pense qu'à biaiser.

Mozart : J'ai beaucoup d'admiration pour Monsieur Mozart, Karl Mozart, qui réussit à faire une belle carrière de fonctionnaire. Et cela malgré le modèle navrant que lui offrait son père.

Neurones : Ayant oublié leur nom, je les fais fonctionner pour le retrouver.

Névrosé : Tellement *vrosé* qu'on pourrait croire qu'il est *né* comme cela.

New York : Forêt de gigantesques chasses d'eau qu'un Dieu tire aux heures de bureau.

Niche : Ôter sa barbe à un barbu et le voilà à poil.

Nocturne : La pièce est écrite, les rôles sont distribués, le décor est en place. On n'attend plus que le lever du sommeil pour que le rêve se joue sur une mise en scène du spectateur.

Paradoxe (des cinémas pornos) : Ce sont les seuls où l'on ne fait pas la queue.

Parents : Arrive un âge où on se rend compte qu'on peut les laisser se débrouiller tout seuls. Alors on les quitte, et c'est pour leur bien.

Pédagogie (allégorie de la) : L'art et la science assassinés au coin d'une tête par le succès technologique et les manuels scolaires.

Pensée involontaire : Comme disait Jean-Pierre Brisset commentant Nietzsche à sa manière, c'est-à-dire sans le savoir : « C'est faux parce que tout le monde y croit ».

Philia : À mon chien quand il est triste : « Alors tu as perdu ta langue ? ».

Plage (au café de la) : D'un coup de canne net Confucius mut sa boule. Puis il ajouta : « Parfois, même le billard n'y fait rien. Alors il faut tout arrêter et marcher près de la mer. »

Polyamour (variante rare) : Tomber amoureux d'une famille.

Potlatch : Si vous voulez bien avoir l'obligeance d'être mon type de con, je me ferai un plaisir d'être le vôtre.

Prétérition : Le seul concept qu'on ne peut mieux définir qu'en prétendant ne pas le faire.

Prière : Notre auteur qui êtes aux cieux, veuillez nous réécrire.

Prière (bis) : Saint Lichtenberg qui êtes aux cieux, père spirituel des faiseurs d'aphorismes, pardonnez-nous nos offenses au bon goût, et passez-nous le sel de vos mots d'esprit.

Proverbe : Les petits poissons font les grandes rivières.

Prudence : Ne jamais mettre tous ses gosses dans la même voiture.

Pschhhhhh : Bruit que fait un ballon de pensée lorsqu'il se dégonfle à la lecture.

Pudeur : Cachez ces raisons que je ne saurais voir !

Punition divine : Dieu a mis l'homme au piquet, coiffé d'un bonnet d'âme.

Recueillement : Une minute de silence pour ceux d'entre nous qui ne sentent pas l'odeur de leur propre bêtise.

Rengaine : *Cogitare humanum est, persevere diabolicum.*

Réponse (voir *Devinette*) : Il ne suffit pas d'entrer dans la première pour y faire monter le niveau.

Rêve d'insomniaque : Lit pliant pour dormir sur ses deux oreilles.

Ridicule : Mettez un dossier à un tabouret et tout de suite il se prend pour une chaise.

Sagesse : Un vieux chien ne court plus après sa propre queue.

Scato (logique) : Qui tire la chasse laisse sa place.

Scribouillard : « Je hais les livres », écrivait Rousseau. Et c'était toujours une phrase de plus dans celui qu'il était en train d'écrire.

Sérénité : Avant tout ralentir. La brasse, tenez : une motilité réfléchie, paisible, où prendre du poids sans couler avec les mots.

Sexe (métaphysique du) : petit trou au fond de la cuve humaine, par où celle-ci se vide si l'on n'y met un bouchon.

Sortilège : Rien de plus frustrant que de se regarder dans un miroir et de n'y voir que son corps, alors qu'on satan à y surprendre son âme.

Suicide : Pour être sûr de ne pas mourir bêtement, je ne vois pas d'autre solution.

Suquette (voir *Algèbre du rêve*) : formule de condensation de l'expression « su((blime) (qué))quette ».

Syllogisme (célèbre) : Les mots ne meurent pas. « Socrate » est un mot. Donc « Socrate » est immortel.

Synthèse : L'homme descend d'un singe nommé « Adam ».

Tarzânerie psy : Toi métonymie de la maison ; moi métaphore du phallus.

Tatouage : « Prière de laisser cet endroit aussi propre que vous désirez le trouver en y entrant. »

Tendresse : Mets tes lunettes, tu vas attraper froid.

Turque (air de la marche) : *Tagadagada. Tagadagada. Tagadagadagadagadagadagada, etc.* Travailler cet aphorisme d'abord lentement (la noire à 80), puis passer progressivement au rythme *presto.*

Vanité : Il suffit qu'un moucheron s'y pose et aussitôt les plus beaux seins du monde s'annoncent comme charogne.

Vaseux : Dans le petit café du matin trempe le monde.

Vertu vicieuse : Avoir l'échec modeste.

Yin-yang (post-lamartinien) : On manque à un seul être et tout est repeuplé.

LE KOAN DU PETIT PEINTRE
ET AUTRES FANTAISIES

Le koan du petit peintre

Il arrive parfois des choses étranges lorsqu'on flâne dans Paris. Je me souviens qu'un jour d'été, il me fallut contourner un enfant juché sur une haute échelle noire. Il devait avoir sept ou huit ans et était vêtu légèrement d'une simple chemise blanche à manches courtes et d'un short gris très clair. Il était penché en avant, un peu de biais, et son visage sérieux reflétait la plus intense concentration.

Lentement, soigneusement, il peignait la porte cochère sur laquelle son échelle était appuyée. Il était seul et personne ne lui prêtait attention. En vérité, je ne compris pas tout de suite ce qui me fit me retourner sur ce non-spectacle. Je crus tout d'abord que c'était simplement la grâce du geste de cet enfant, sa précision, l'architecture de l'ensemble échelle - enfant - porte cochère, le jeu subtil des couleurs, de l'ombre, du bois et de la lumière... Mais je sentais bien aussi qu'il y avait autre chose.

Je m'arrêtai et revins sur mes pas. Le petit peintre me tournait le dos et il était de toute façon trop concentré sur son affaire pour remarquer ma présence. Je me postai donc un peu en arrière de son échelle, pour mieux l'observer sans le gêner, et m'interrogeai tout à loisir. Autre chose, mais quoi ?

Il faut croire qu'il nous manque un organe des sens approprié à ce qui brille par son absence, car ce n'est que petit à petit, en tâtonnant dans la nuit du jour, et au prix d'un effort démesuré, que je finis par réaliser ce qui me fascinait dans cette scène : l'enfant n'avait ni pinceau, ni pot de peinture. Et pourtant il peignait ! Il ne peignait rien, sur rien, avec rien, mais incontestablement il peignait.

On pouvait donc peindre sans peindre ? Mais oui... la preuve. Mais alors, on pouvait aussi bien se battre sans se battre, s'aimer sans s'aimer, mourir sans mourir ? Comment tout cela était-il possible ?

La découverte laborieuse de cette énigme, puis la recherche de sa solution (pourtant évidente), m'absorba à tel point que j'en oubliai tout le reste. D'ailleurs, c'est à peine si je percevais encore vaguement ce qui m'entourait. J'avais les pieds cloués au sol, comme si je payais ainsi, d'une sorte de paralysie, l'effort que j'étais en train de fournir, ou comme si un sort m'avait été jeté. Je pouvais encore penser, cependant, et même il me semblait que j'avais l'esprit étrangement léger, actif et clair, beaucoup plus que d'habitude en tout cas. Mais je ne pouvais plus rien faire d'autre que ça : penser, penser, penser...

Je savais certes vaguement que la solution de ce genre d'énigmes ou « koans » joue un rôle clef dans la tradition du Zen, du moins pour certains maîtres et dans certaines écoles. J'en connaissais même quelques-uns, mais un seul me revenait en mémoire. « On sait le bruit que font deux mains qui claquent. Mais quel est le bruit que fait une seule main qui claque ? »

Il y a seulement une heure, ou même une minute, j'aurais été bien incapable de m'intéresser à une telle question. Et *a fortiori* de me soucier de mesurer l'abîme qui sépare un koan d'une question idiote. Sans doute, tout koan n'est-il, considéré en lui-même, qu'une question piège, une pseudo-énigme sans importance, aussi rabâchée que celle-ci : « Qu'est-ce qui est vert, humide, accroché au mur et qui siffle ? ». Mais cela, c'est justement lorsqu'on considère un koan hors de tout contexte et le réduit ainsi à une simple interrogation intrigante, arrachée à l'espace et au temps, dite par personne et qui ne s'adresse à personne. En revanche, il suffit qu'un koan s'impose à quelqu'un, dans certaines circonstances précises, ou qu'il soit effectivement adressé à quelqu'un, par quelqu'un, pour qu'il retrouve toute sa valeur et sa fonction propre.

Cela m'apparut alors d'autant plus clairement que, au moment même où je me faisais ces remarques, la solution du koan de la main qui claque se gravait lentement dans mon esprit. Apparemment, résoudre ce koan était la chose la plus facile du monde, il suffisait… Et, sans m'en rendre compte, je me mis à ponctuer le fil de mes pensées en claquant des mains. Car, après tout (*clac*), il ne s'agit pas ici de savoir comment une seule main peut claquer (*clac*). Il s'agit juste de savoir quel bruit fait une telle main solitaire lorsqu'elle claque (*clac*). Dès lors, tout ce qui compte ici, c'est que pour tout *n* (*clac*), il n'y a aucune différence entre le bruit que font *n* mains qui claquent (*clac*) et celui que font $n-1$ mains qui claquent (*clac*). Cela tient au fait que la nature d'un bruit quelconque est indépendante de beaucoup de choses (*clac*). Et notamment de sa force (*clac*), ou encore de son mode de production (*clac*). Donc, si elle claque (*clac*), une main qui claque fait nécessairement le même bruit que deux (*clac*) ou trois ou dix milles (*clac*)...

En rythmant ainsi mes déductions silencieuses, au milieu du trottoir, j'avais tout l'air d'un acteur attirant les badauds pour je ne sais quel spectacle. J'en avais si bien l'air que l'effet ne se fit pas attendre, et un attroupement s'esquissa bientôt autour de nous, comme si j'étais le compère du petit peintre et que nous préparions quelque chose. Mais nous étions alors beaucoup trop occupés l'un et l'autre pour nous en soucier. Il venait de terminer le vantail supérieur gauche de la porte cochère, celui où son échelle était appuyée, et, après être redescendu de quelques barreaux, s'attaquait maintenant à sa partie médiane. Quant à moi, je continuais à déplier l'enseignement du koan de la main qui claque. Ou plutôt il se dépliait de lui-même en moi, comme une fleur en papier dans l'eau de mon esprit.

Certes, pour l'instant, cet enseignement se résumait à bien peu de choses. Tout ce que je croyais avoir compris, c'est que si on savait le bruit que font deux mains qui claquent, alors on savait le bruit que fait une seule, puisque c'était le même. Or on savait justement, paraît-il, le bruit que font deux mains qui claquent. Donc... Mais était-ce cela la bonne réponse ? Suffisait-il de renvoyer ainsi le questionneur du koan au savoir qu'« on » était censé partager ?

Sûrement pas. Il fallait sans doute creuser plus profond, car est-ce qu'il était si bien partagé que cela, ce savoir ? Et jusqu'à quel point était-il vraiment exprimable en mots ?

Jusqu'ici j'avais peut-être prêté trop d'attention à ce que disait le koan de la main qui claque, j'aurais dû aussi prêter attention à ce qu'il ne disait pas. Ainsi, par exemple, il ne précisait nullement contre quoi sa main unique était censée claquer. Il impliquait juste que ce ne pouvait être une autre main. Mais à ce compte, une seule main qui claque n'avait rien de bien mystérieux, au contraire, il n'y avait rien de plus facile à concevoir et même à produire, puisque cela pouvait être tout simplement une bonne vieille gifle.

Au fond, plus j'y réfléchissais et plus la solution du koan de la main qui claque me paraissait relever d'un autre *medium* que le langage. Et d'ailleurs n'avais-je pas déjà répondu à ce koan, sans m'en apercevoir, rien qu'en ponctuant mon raisonnement de « clacs » ? Car quel autre bruit pourrait bien faire *n* mains qui claquent sinon un bruit de claque ? À ceci près, bien sûr, que cela portait aussi d'autres noms en français, lorsqu'il n'y en avait qu'une : beigne, mornifle, torgnole, etc.

Était-ce cela qu'on appelle une « illumination » ? Cela y ressemblait assez, ma foi. Et je me voyais bien retourner une gifle lumineuse à tout maître qui voudrait me refourguer ce satané koan. Mais en même temps, il devait y avoir quelque chose qui clochait dans mes raisonnements, parce que mon état ne s'améliorait guère. J'étais toujours aussi coincé dans mon propre corps, comme s'il ne m'appartenait plus qu'à moitié. Et je commençais à m'en inquiéter sérieusement.

Difficile d'imaginer une peine plus abominable que de se retrouver ainsi transformé en cul-de-jatte posé sur une paire de jambes de bois. Je m'inquiétais d'autant plus qu'il me revenait à l'esprit que la bonne réponse à un koan était tout à fait canonique et réglementée par la tradition Zen (il n'y avait toujours qu'une seule bonne réponse possible). Je me mis à trembler et à suer mentalement à l'idée que je ne pourrais peut-être plus faire qu'une seule chose désormais : penser, penser, penser... tant que je n'aurais pas répondu correctement à *mon* koan.

Mais au fait, et si c'était cela le principal problème ? Si j'étais en train de me tromper, non pas de réponse, mais de question ? Chacun son koan après tout, et que m'importait à moi la solution de celui de la main qui claque ! En me croyant sur le chemin de l'éveil, j'étais peut-être en train de m'égarer totalement, de passer au contraire à côté de mon vrai koan, celui que me posait le petit peintre.

Voyons, qu'elle était la question déjà ? Ah oui : « Comment peut-on peindre sans peindre ? » Malheureusement, cette question avait beau avoir l'évidence d'une porte ouverte, et même grande ouverte, il m'était bizarrement impossible de l'enfoncer. Pourtant, me disais-je, s'il y a quelque chose qui est à la portée de tout le monde, c'est bien d'enfoncer une porte ouverte ! Mais sans doute me trompais-je là encore lourdement. Car autant je sentais bien que la réponse était là, à ma portée, que je l'avais devant moi, qu'elle crevait les yeux, autant je sentais bien aussi que j'aurais pu passer le restant de ma vie à me casser la tête sans la trouver.

Décidément, mon koan à moi était un genre de problème assez comique... Car manifestement, sa solution n'était pas difficile en elle-même, pas du tout, elle ne l'était que *parce que* je la cherchais. Et tout le problème était que je ne pouvais rien faire d'autre que la chercher. Car le petit peintre restait très concentré sur sa tâche et continuait tranquillement à peindre sans peindre, et moi je ne pouvais en détacher mes yeux, je ne pouvais que le regarder et méditer l'énigme qu'il représentait pour moi.

« C'est fini ? entendis-je dire.

– Non, ça va commencer. Regardez, il y a le grand qui rit… »

Le petit peintre, lui, était encore loin d'avoir fini sa porte cochère, et il fallait que sa concentration fût vraiment extraordinaire pour qu'il reste à ce point insensible à ce qui l'entourait, et si longtemps. Quant à moi, j'entendais au contraire parfaitement les remarques des uns et des autres, et je comprenais mieux à présent quel genre de spectacle nous offrions lui et moi.

J'avais souvent observé dans Paris des mimes transformés en statues ou en automates. Certains étaient parfois étonnants et réussissaient à créer une attente prodigieuse, tout en ne faisant rien, ou presque rien. Une petite foule nous entourait maintenant et je sentais vaguement que si j'avais été dans mon état normal, j'aurais dû être terrifié par la situation ridicule où me plongeaient mes actes de bateleur.

En tout cas, si j'avais raison, alors non seulement il était inutile de chercher à résoudre le koan du petit peintre, mais il aurait fallu être fou pour essayer. Mais justement, que faisais-je depuis tout à l'heure ? Et si j'étais en train de le devenir ? Après tout, je n'avais pas la moindre idée de ce qui distingue une illumination d'une crise de folie. Rien peut-être.

À ce moment-là, heureusement, l'autre vantail de la porte cochère s'ouvrit lentement, en grinçant, comme dans les contes de fées. Et une jeune femme apparut sur le seuil.

Elle eut tout d'abord un mouvement de peur devant cette foule inattendue, et de recul quand s'échappèrent quelques ho ! et ha ! qui saluaient son entrée en scène. Mais, finalement, elle agit exactement comme une actrice qui surmonte son trac et décide d'ignorer la masse des spectateurs. Elle s'avança bravement et alla secouer le short du petit peintre, pour l'obliger à redescendre de son échelle.

« Qu'est-ce que tu faisais ? lui dit-elle, d'un ton sévère et en désignant de la tête à l'enfant l'attroupement qu'il avait visiblement suscité par ses bêtises.

– Mais rien, maman, je t'assure, je ne faisais rien de mal... Je jouais. »

Oh ! comme j'aurais voulu l'embrasser, cette jolie maman en colère, cette inconnue ! Ainsi, c'était donc cela ! Il jouait ! Mais bien sûr... Que pouvait-il faire d'autre ? Je débordais littéralement de joie, malgré le visage du petit peintre qui faisait peine à voir.

Sortant de son jeu progressivement, comme on sort d'un rêve, lui aussi commençait à réaliser avec terreur qu'une foule l'entourait, le regardait, l'écoutait, attendant de lui on ne sait quoi. Mais je n'arrivais pas à m'inquiéter pour mon compère involontaire. Oh non ! Car je venais enfin de retrouver l'usage de mes jambes et, trop heureux d'en avoir encore la disposition, je ne pensais déjà plus qu'à reprendre allègrement ma balade. J'allais donc l'abandonner à son triste sort quand son regard croisa le mien, et ce que j'y lus me rappela à mes responsabilités : *Est-ce que c'est toi qui es à l'origine de tout ce micmac ? Comment se fait-il qu'on nous regarde comme ça, toi et moi ? Qu'est-ce que tu comptes faire pour m'éviter une fessée ?*

Il avait mille fois raison, je ne pouvais pas me défiler ainsi. Après tout, c'était moi et moi seul qui l'avais mis dans ce pétrin, c'était à moi de l'en sortir. Mais comment lui éviter les foudres maternelles ? Finalement, j'optai pour la solution la plus simple : les détourner sur moi, en continuant à jouer jusqu'au bout mon rôle d'idiot doublé de muet.

Je m'inclinai alors, très cérémonieusement, par trois fois, pour saluer tous les participants et marquer ainsi la fin du spectacle.

Je m'inclinai d'abord devant le jeune peintre, pour le remercier de son koan et de la belle leçon que je lui devais. Curieusement, c'est seulement au moment de le saluer que je remarquai que mon petit maître avait des traits asiatiques, comme sa mère d'ailleurs. Ils étaient peut-être d'origine chinoise ou japonaise, je n'aurais su dire. Puis je m'inclinai devant la mère, la bonne fée, pour la remercier de m'avoir rendu à la vie, et elle en fut si médusée qu'elle me rendit mon salut. Enfin je m'inclinai devant les spectateurs, pour les remercier de leur attention.

Pendant un instant tout le monde resta silencieux, immobile et comme recueilli, puis quelques applaudissements se firent entendre et la foule se dispersa lentement.

Prose pour Jacques Herbrand*

Soit un mathématicien. Prenons-le à pied d'œuvre, la craie à la main, au bas d'un problème de bon niveau, disons 5/5sup. Observons maintenant son comportement. D'abord, il fait quelques pas en arrière pour scruter la paroi et y prendre ses marques. Il repère les diverses voies possibles, les passages délicats, note le matériel dont il va avoir besoin : mousquetons logiques, cordes de récurrence, etc.

Ensuite, il se rapproche et prend contact avec la pierre. Granit ensembliste ? Schiste algébrique ? Craie analytique ? Il sait vite à quoi s'en tenir et aussitôt l'ascension commence. On vérifie qu'il monte régulièrement, avec légèreté, passant d'une équation à l'autre sans prendre appui sur les genoux. Le corps est par hypothèse loin du tableau, les pieds sont élégamment posés sur de tout petits grattons définitionnels.

Un temps... Deux pas... Trois permutations, et hop ! il est au faîte de la solution.

---

* Alpiniste, logicien et mathématicien (1908-1931), mort accidentellement en escaladant une fractale.

Chanson à trous
(censurée par son pornographe même)

Ma… quand tu…
On voit toutes tes…
Mais va, j'taime comme t'es,
J'aime pas les filles apprêtées.

(*Refrain*)
Akcébeau, c'est beau la vie !
Pourvuk'on ait pas d'soucis.
Avoir d'la chance et être heureux,
C'est tout ckj' demande aux Dieux.
Et à ct'ignoble refrain, tsoin, tsoin.

Mon… quand tu…,
Yapakton… qui s'…
Mais va, t'inquiète pas…,
Tu seras toujours…

(*Refrain*)

Ma… quand tu…,
On sent bien kt'… la…
Mais va, suffit kj'…,
L'temps ktu… la…

(*Refrain*)

C'était un jour comme les autres. Je m'apprêtais à rentrer chez moi et j'étais sur le palier, en train de farfouiller dans mon sac, à la recherche de mes clés, quand j'avisai un papier, plié en quatre, épinglé sur la porte.

Je dois dire que je n'ai pas l'habitude de trouver des billets épinglés sur ma porte, pas du tout. Et puis, celui-ci était si bien plié que c'en était inquiétant. Bah ! ce n'était qu'un bout de papier après tout. J'ôtai l'épingle et commençai à le déplier, quand il me vint à l'esprit que ce mot ne m'était peut-être pas adressé. Et alors ? C'était ma porte après tout… Mais quelque chose d'autre encore me retint. Et s'il n'y avait rien d'écrit sur ce papier, si soigneusement plié en quatre ? Si ce mot n'en contenait pas ?

Cela devenait angoissant. Tout ému, je finis par ouvrir très précautionneusement le billet en question. Et je lus ceci : *Tes espagnoles sont sous le joug des terroristes… la prochaine fois, arrange-toi pour ne pas les oublier.*

Il y a des gens qui n'ont pas d'imagination, paraît-il. Quant à moi, j'avoue que ces deux phrases sibyllines, tapées à la machine et non signées me terrifièrent. Il faut dire qu'à cette époque les journaux étaient pleins d'une histoire de prise d'otages à Barcelone. Tout le monde en parlait. Et voilà qu'un petit mot, griffonné à la main et mis en évidence sur ma porte, m'apprenait que j'y étais plus ou moins directement impliqué ! Moi qui ne suis nullement hispanisant et n'ai même aucun lien avec l'Espagne ! Certes, j'avais bien quelques Espagnols parmi mes relations amicales ou professionnelles, mais ce n'étaient justement pas des femmes et encore moins des amies proches ou des « protégées ». Alors, à quoi pouvait bien renvoyer cette allusion bizarre à « mes espagnoles » ? Quant aux trois petits points et à la deuxième phrase, n'en parlons pas. Si ce billet n'était pas une mauvaise plaisanterie, c'était bel et bien une mise en garde, voire une menace.

J'en étais là, à me bredouiller des explications et à me répéter ces mots fatidiques « Tes espagnoles… La prochaine fois… », quand il apparut nettement que tout bien inspecté, mon sac vidé sur le paillasson, mes poches retournées, je n'avais pas mes clés. Impossible d'entrer. Alors là, c'était le bouquet ! Qu'est-ce que j'avais bien pu en faire ? Se pouvait-il que je les aie perdues, ou pis, qu'on me les ait volées ? Et si c'était le cas, cela pouvait-il être une simple coïncidence, qui n'aurait aucun rapport avec ce message ou plutôt cet avertissement anonyme ? Non, décidément, une telle coïncidence paraissait si improbable, si invraisemblable, que cela ne pouvait en être une. Mais alors, s'il fallait écarter cette hypothèse, cela signifiait qu'il fallait écarter aussi l'hypothèse d'une mauvaise plaisanterie, et qu'il y avait nécessairement un lien précis entre cette perte, ou ce vol, et ce message. Mais lequel ?

Il ne me restait plus qu'à attendre patiemment le retour de ma femme, en essayant d'éclaircir le mystère de ce rapport tout aussi énigmatique qu'indubitable. Elle se fit d'ailleurs attendre très longtemps. Assez longtemps, en tout cas, pour que je désespère de trouver ce qui pouvait bien relier la disparition de mon trousseau de clés à ce qui se passait au même moment à Barcelone. Et pour que j'aie même le temps de passer en revue tous les moyens de me disculper du moindre soupçon de complicité avec quelque terrorisme que ce soit, et ce devant n'importe quel tribunal.

« Mais, qu'est-ce que tu fais là ?

– Plus mes clés, cela fait au moins deux heures que je t'attends…

– Mais, je t'avais laissé un petit mot pour t'indiquer discrètement où elles étaient. Tu ne l'as pas lu ?

– Un mot ? Quel mot ?

– Eh bien mais… celui que tu tiens à la main !

– Comment ? C'est toi qui as écrit ça ! Mais cela n'a aucun sens !

– Ah mais pardon ! La première phrase n'a aucun sens évidemment, et pour cause ! mais pas la seconde. Et je pensais justement qu'en comprenant l'une, la *forme* de l'autre te sauterait aux yeux. À deux syntagmes nominaux près, je ne pouvais guère être plus explicite, à moins d'écrire carrément à la cantonade : *Tes* [*clés*]$_x$ *sont sous le* [*paillasson*]$_y$ ».

Tracez un cercle. Soit *i* son diamètre. À partir d'un point A quelconque de ce cercle, tracez en un autre de rayon *i*. Soit B l'intersection des deux cercles.

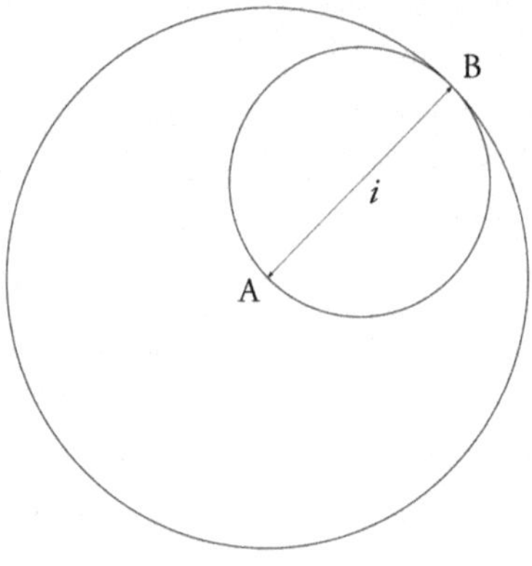

Problème : en admettant que B, aveuglé par l'amour, tourne autour de A, qui se tient toujours à la même distance, existe-t-il pour B un moyen de savoir si A pivote sur place, au centre du cercle de rayon *i*, ou s'il se déplace sur le cercle de diamètre *i* ?

Commentaire : eu égard à A, la première possibilité se dit : faire tourner en bourrique. C'est le tourniquet de la séduction. Eu égard à B, la deuxième possibilité laisse le dilemme partagé. L'amour ne résout rien, mais fait courir le doute. C'est le manège amoureux.

Indication : raisonner par l'absurde à partir de votre expérience personnelle.

Les trois quidams
Un fragment inédit de *Jacques le fataliste*

Le maître – Alors, Jacques, ce conte plaisant ?

Jacques – Décidément, vous êtes insatiable. D'autant que cette mince histoire de dupe ne mérite peut-être pas de…

Le maître – Droit au fait, Jacques. Ou plutôt droit au conte ! Et épargne-moi les ficelles habituelles.

Jacques – Il était une fois…

Le maître – Jacques !

Jacques – Qu'y puis-je si le récit commence ainsi ? Vous ne voulez donc pas l'entendre ?

Le maître – À ta guise, va toujours.

Jacques – Il était une fois trois quidams faisant leurs emplettes. Appelons-les X, Y et Z. Mêlés à d'autres en ce jour de marché, ils font la queue devant l'étal d'un traiteur. Autant d'habitués d'ailleurs, et qui savent ce qu'ils veulent. Les choses vont donc bon train, quoiqu'à petits pas. X, en tête de file, règle ses achats et se dispose à céder la place. Il ignore que Y, situé à mi-queue, a laissé choir par mégarde une pièce d'or. Mais Z, posté juste derrière Y, a vu l'aubaine, lui, et n'a rien dit, gageant son silence sur ce hasard.

Le maître – Qu'est-ce que ce conte, où il y a des variables en guise de personnages ? Ton algèbre me donne le tournis. Attends un peu, laisse-moi me représenter la scène… Bon, j'y suis.

Jacques – X s'en va, longeant la chaîne des clients, où chacun se décale d'un cran. Il est presque à la hauteur d'Y quand celui-ci, qui piétinait allègrement son bien, avance à son tour et le découvre… sans s'en douter le moins du monde. En fieffé coquin qu'il est, Z se hâte alors d'occuper la place abandonnée par Y et pose un pied sur la pièce. Trop tard. Un rayon a filtré sous l'éteignoir de sa semelle. Une fraction de seconde a suffi pour que X remarque, lui aussi, qu'une belle pièce est là, jacente, et que celle-ci n'est certainement pas à Z, qui s'efforce de la faire glisser sous son pied.

Emporté par son élan, notre X fait encore quelques pas, puis s'arrête comme pris d'une hésitation et commence à fouiller ses poches. Z, qui lui tourne le dos, ne s'aperçoit pas de son manège. Il est tout entier à son pied, qu'il tente de déplacer aussi naturellement que possible en raclant le pavé. L'opération est délicate, car la file avance, lentement, mais sans cesse, et l'espace se creuse entre Y et Z. Quant à X, l'incrédulité se peint sur son visage, puis la certitude. Le voilà qui se baisse, regarde sous les étalages, furète à droite et à gauche, revient sur ses pas. Son inquiétude et sa perplexité sont si évidentes qu'une voix charitable ne tarde pas à se faire entendre : « Vous avez perdu quelque chose ? »

– Hélas oui ! Et pour mon plus grand malheur… Quelqu'un aurait-il trouvé un demi-louis ?

Vous imaginez le brouhaha, les commentaires ironiques ou apitoyés. Comment peut-on perdre un louis ? Et surtout espérer le retrouver ! Il y a tant de malfaisants… Finalement, la vendeuse elle-même prend l'affaire en main : « Monsieur l'aura perdu en préparant sa monnaie tout à l'heure, quand il faisait la queue. Ce sont des choses qui arrivent. »

Galvanisées de la sorte, les recherches s'organisent. Chacun y va, qui de l'œil qui des pieds qui des mains. On s'écarte, on scrute, on soulève des cageots. Il y en a même qui se baissent et vont farfouiller à quatre pattes sous les étalages. Seul Z, immobile au beau milieu de ce quadrillage systématique et minutieux, semble se désintéresser obstinément de la question. Si obstinément même que le cercle des recherches se resserre bientôt autour de lui, et que le bonhomme Y, qui participait lui aussi aux recherches, finit par lui taper familièrement sur l'épaule : « Ce monsieur a perdu un louis, peut-être marchez-vous dessus ? » Ah ! je voudrais être le neveu de Rameau pour vous mimer les exclamations, les sourires et le masque de Z.

Le maître – Tu ne t'en sors pas si mal. Et comment tout cela finit-il ?

Jacques – Mais, le plus simplement du monde. Sous le nez de Z qui n'en pouvait mais, Y se pencha alors obligeamment et, tendant sa pièce à X, conclut l'affaire.

Le soleil déclinait. Jacques se mit à chantonner doucement en caressant l'encolure de son cheval : « le premier qui perdra… gagnera une… piécette ». Son maître semblait rêveur et dodelinait de la tête au rythme du sien.

LE MAÎTRE – Pas si mauvais, ton conte mathématique.

JACQUES – Uhu, uhu.

LE MAÎTRE – Mais il ne sera pas dit que je me laisserai duper au carré !

JACQUES – Plaît-il ?

LE MAÎTRE – Je dis qu'étant égal à Y, je suis bien placé pour calculer tes équations. Et quitte à jouer le rôle du benêt, je préfère rire de moi en le sachant.

JACQUES – Ah, vous vous souvenez !

LE MAÎTRE – Comme si c'était hier.

JACQUES – Avouez que notre rencontre…

LE MAÎTRE – A tout d'une mascarade à mes frais ! Où d'ailleurs ton rôle est moins clair que le mien…

JACQUES – Vous oubliez que j'ai insisté pour que nous allions ripailler ce demi-louis ensemble, avec le virtuose de la semelle. C'est d'ailleurs à cette occasion que vous nous engageâtes, moi et ma mauvaise jambe. L'histoire de mes aventures au service du Sultan vous avait tellement captivé que pour être sûr d'en connaître la suite…

LE MAÎTRE – Je te pris sous mon aile. Oui, oh oui ! Je me souviens. Mais j'ignorais que j'étais le pigeon de la fête.

JACQUES – Moi aussi ! Comment aurais-je pu savoir à qui était ce beau louis qui traînait dans la poussière ? Je savais tout au plus qu'il n'était pas au filou qui essayait de le cacher. Vous m'accorderez que l'occasion était trop belle ! Comment résister au plaisir de jouer un bon tour à un voleur ? Surtout lorsqu'on peut faire passer la leçon en trinquant ensuite avec lui.

Le maître – Je te reconnais bien là et je comprends mieux maintenant pourquoi le gros Jean a mis du temps à se dérider, même le bon vin aidant. Mais dis-moi Monsieur X, il reste un dernier point de ton récit qui me chiffonne. C'est que je ne vois pas bien comment tu as pu en devenir l'auteur : comment as-tu appris, finalement, que j'étais le vrai perdant dans cette histoire ?

Jacques – Mais par Jean lui-même, bien sûr ! L'animal était mauvais joueur et jaloux de notre bonne entente. Il n'a donc pas manqué de me rendre la monnaie de ma pièce en me glissant à l'oreille d'où venait ce louis baladeur. Et voilà comment je me suis retrouvé pris à mon propre piège. *Mektoub* ! comme disaient mes amis arabes. Il était écrit que notre rencontre vous coûterait douze livres, que vous perdriez sans le savoir et que je vous volerais sans le vouloir – avec votre aide qui plus est.

Le gîte qu'on leur avait indiqué n'était plus très loin. Quelques maisons apparaissaient déjà au détour du chemin. Les chevaux pressèrent le pas gaiement, sentant venir l'heure du picotin. Les deux compères étaient restés quelque temps silencieux, l'un parce que son genou recommençait à lui faire mal, l'autre parce qu'il méditait sur les caprices du hasard et l'art de perdre.

Le maître – Je ne veux pas chipoter, mon cher Jacques, mais il me semble que nous ne sommes pas encore tout à fait quittes. Car un demi-louis, ma foi, c'est beaucoup pour un repas à trois, fût-il bien arrosé. Dès lors, *quid* des reliefs de ma pièce ? Serait-il déraisonnable de ma part d'espérer les récupérer ?

Jacques – Ah mais pas du tout, j'entendais bien vous les rendre un jour ! C'est même tout juste ce que je viens de faire, si vous voulez bien accepter ma monnaie de conte habituelle.

Table

Du même auteur

Le Théorème de Proust, Une cryptanalyse de la Recherche
Éditions Thierry Marchaisse, 2022

Le théorème de l'auteur, Logique de la créativité
Éditions Epel, 2016

Comment Marcel devient Proust, Enquête sur l'énigme de la créativité
Éditions Epel, 2009

avec François Jullien
Penser d'un dehors (la Chine), Entretiens d'extrême-Occident
Éditions du Seuil, 2000

traductions

Saul Kripke, *Règles et langage privé, Introduction au paradoxe de Wittgenstein*
Éditions du Seuil, 1996

avec Dominique Goy-Blanquet
W. V. Quine, *Quiddités, Dictionnaire philosophique par intermittence*
Éditions du Seuil, 1992

Richard Rorty, *La philosophie et le miroir de la nature*
Éditions du Seuil, 1990, 2017

AUX MÊMES ÉDITIONS

ANDRÉ AGARD
Un lézard dans le jardin

EMMANUEL ARNAUD & KUMI SASAKI. Préface de GHADA HATEM
Tchikan

CLAUDE BARTOLONE & MICHEL WINOCK (DIR.)
Refaire la démocratie. Dix-sept propositions

ISABELLE BERGOËND
Le Dagobert optique

LUCILE BORDES
Aurélie et autres femmes sans nom

BELINDA CANNONE & CHRISTIAN DOUMET (DIR.)
Dictionnaire des mots manquants
Dictionnaire des mots en trop
Dictionnaire des mots parfaits

ALAIN CANTILLON (DIR.)
Lettres à Pascal

SOPHIE CARATINI
La Fille du chasseur
Les Sept Cercles. Une odyssée noire
Antinéa mon amour
Les Enfants des nuages. Une ethnologue dans la tourmente saharienne
Les Non-dits de l'anthropologie suivi de Dialogue avec Maurice Godelier

ANNE-DAUPHINE DU CHATELLE
La Foudre et les Papillons

DENIS COUCHAUX
L'Essence de l'art, une investigation

CORINNE DEVILLAIRE
C'est quoi ce roman ?

JEAN-PHILIPPE DOMECQ
L'Amie, la mort, le fils

MICHAËL FERRIER (DIR.)
Dans l'œil du désastre. Créer avec Fukushima

HUBERT FRANÇOIS

Dulmaa

ÉRIC GARNIER

L'Homoparentalité en France. La bataille des nouvelles familles

MAURICE GODELIER

Suivre Jésus et faire du business

DOMINIQUE GOY-BLANQUET (DIR.)

Lettres à Shakespeare

NATHALIE HEINICH

La maison qui soigne. Histoire de « La Retrouvée »

Maisons perdues

Le Pont-Neuf de Christo. Ouvrage d'art, œuvre d'art ou comment se faire une opinion

PIERRE HOUDION

L'Art de nuire

PHILIP LARKIN

Une fille en hiver

Roman traduit de l'anglais par Dominique Goy-Blanquet et Guy Le Gaufey

PHILIP LARKIN

La Vie avec un trou dedans (édition bilingue)

Traduit de l'anglais par Guy Le Gaufey, avec la collaboration de Denis Hirson.

LAURIE LAUFER (DIR.)

Lettres à Lacan

YVAN LECLERC (DIR.)

Lettres à Flaubert

JEAN-MARC LÉVY-LEBLOND (DIR.)

Lettres à Alan Turing

Lettres à Marie Curie

BERTRAND LONGUESPÉ

Le temps de rêver est bien court

LOUIS DE MAILLY

Les Aventures des trois princes de Serendip suivi de *Voyage en sérendipité,* par Dominique Goy-Blanquet, Marie-Anne Paveau, Aude Volpilhac

THIERRY MARCHAISSE

Le Théorème de Proust. Pour une cryptanalyse de la Recherche

LUCAS MENGET

Lettres de Bagdad

LOUISE OLIGNY ET CLÉMENTINE DU PONTAVICE. Préface de GHADA HATEM

Réparer l'intime. L'atelier de La Maison des femmes

BLAISE PASCAL

Pensées, édition établie, présentée et annotée par Alain Cantillon

MICHEL PAULET

Si j'ai le cœur étroit, à quoi sert que le monde soit si vaste

FRED POUGEARD

Via Ferrata. Poèmes ou journal épars

Vivre à la jetée

DANIEL RAICHVARG (DIR.)

Lettres à Loulou dit Pasteur

NICOLLE ROSEN

Je rêvais d'autre chose

PERRINE ROUILLON

Moi et les autres petites personnes on voudrait savoir pourquoi on n'est pas dans le livre

STÉPHANE RUSINEK

La Patiente de 17 heures

MOUSTAPHA SAFOUAN

La Psychanalyse. Science, thérapie – et cause

JEAN-MARIE SCHAEFFER

Lettre à Roland Barthes

Petite écologie des études littéraires. Pourquoi et comment étudier la littérature ?

Les Troubles du récit. Pour une nouvelle approche des processus narratifs

La Vie des arts (mode d'emploi)

MADELEINE DE SCUDÉRY

Histoire de deux caméléons, suivi de *Description anatomique d'un caméléon, par Claude Perrault*, édition Aude Volpilhac, avec les contributions de Anthony Herrel et Thierry Hoquet

CATRIONA SETH (DIR.)

Lettres à Sade

MICHEL WINOCK
L'Effet de génération. Une brève histoire des intellectuels français
Journal politique. La République gaullienne, 1958-1981
Les Années Mitterrand. Journal politique, 1981-1995
Bienvenue au XXIe siècle. Journal, 1996-2002

PAULINE WUTH. Dessins de CHARLOTTE VELLIN
Solitude nue

COLLECTION NUMÉRIQUE « OCTETS »

JEAN-PIERRE AZÉMA & MICHEL WINOCK
Les Communards
La Troisième République

DIANE CHAUVELOT
Le Monolithe facétieux. Lettre sur Lacan à l'usage des générations futures

JEAN CLAY
Paroles d'artistes

DOMINIQUE GOY-BLANQUET & FRANÇOIS LAROQUE (DIR.)
Shakespeare, combien de prétendants ?

MATHILDE LÉVÊQUE
Histoire de la littérature allemande pour la jeunesse

PATRICIA MAUCLAIR
Histoire de la littérature espagnole pour la jeunesse

ERNEST RENAN, JAMAL-AL-DIN AL AFGHANI.
Introduction et notes de FAOUZIA CHARFI
La controverse sur l'islam et la science

HENRI SZTULMAN
Psychanalyse et humanisme

MICHEL WINOCK
Victor Hugo dans l'arène politique

Éditions Thierry Marchaisse

Site internet : www.editions-marchaisse.fr
Facebook : www.facebook.com/Marchaisse
Twitter : www.twitter.com/EditionsTM

Imprimé en France sur les presses de
Corlet Imprimeur à Condé-sur-Noireau (14)
Dépôt légal : octobre 2024
Numéro d'impression : 24070749